JN061356

もう一人のマリー

大切なあなたに伝えたいマリーのお話

谷口三千代

ひつじのマリーは、何より昼寝《ひるね》が好きでした。

ほら今日も、ひつじ小屋の前でウトウトしています。

「マリー、わしもお前も歳《とし》とったなあ」

牧場のご主人の声で目が覚《さ》めました。

若い頃《ころ》のマリーには、ご主人の太い眉《まゆ》、あぐらをかいた鼻、分厚《ぶあつ》い唇《くちびる》が、はっきりと見えたものです。

ところが今は、角張《かくば》った大きな顔の輪郭《りんかく》だけが、ぼんやりとわかるぐらいです。

「マリー、わしの顔、見えてるかい？　耳は大丈夫《だいじょうぶ》か、聞こえてるか？　長い間、よく働いてくれた」

そう言って頭をなでてくれました。
何十回、何百回、ご主人に頭をなでられたことでしょう。
元気な子ひつじを産んだ時や、毎年、羊毛《ようもう》を刈《か》り取る時、
ゴツゴツした手で優《やさ》しくなでられたものです。
そのたびに、ひつじであることが誇《ほこ》らしく幸せでした。
ザッ、ザッ、ザッ。
ご主人の靴音《くつおと》が牧場の奥《おく》へと消えていくと、あたりは元の
静けさに戻《もど》りました。
マリーには秘密《ひみつ》がありました。何の秘密かって、それはマ
リーには、もう一人のマリーがいるのです。

えっ、マリーは双子《ふたご》？　いえいえ、双子ではありません。
気づくと、マリーの心の中に、もう一人のマリーがいるのです。
こうして一人でいる時も、一人ではありません。さびしくなんかないのです。
もう一人のマリーと、いつでもお話ができるのですから。
さあ今日も、おしゃべりしましょうか。
私の中のマリーさん、ご機嫌《きげん》よう。
今日は、私の祖母《そぼ》、…もちろん、ひつじよ…エールおばあさんから聞いた話を、あなたにしましょう。

エールおばあさんの祖先《そせん》は、西暦《せいれき》一三〇〇年頃、七百年以上も昔のことね…スペインの王様が国のお金で育てた、特別なひつじだったそうよ。

スペインの国から出ることは絶対《ぜったい》禁止。なぜって、私たちの羊

毛は、メリノウールと呼ばれて、ほかの羊毛とは比《くら》べものにならないほど、細くて柔らかで、そのうえ光沢《こうたく》のある高級品だったの。

昔の王様やお妃様《きさきさま》はじめ、世界中の人々が寒くないように、何百年も包み込《こ》んできたわ。

セーターやマフラー、手袋《てぶくろ》になってね。

こんな話を毎日のように、おばあさんから聞いたものよ。

いつもワクワク、ドキドキして、おもしろかった。

聞いたあとは、ひつじに生まれたことがうれしかった。勇気と希望がわいてきた。
特に、私たちひつじが人間の役に立っていることを知った時は、すごく誇《ほこ》らしかった。
ひつじって、けっこうエライのよ！
まずは、この話から始めるわね。

今、世界中でコロナが流行《りゅうこう》して、亡《な》くなった人も多いの。
コロナの予防《よぼう》は何といっても、手洗いが一番大事。
その時に使う石鹸《せっけん》、色々あるけど、ひつじの脂肪《しぼう》からも作られているのよ。

この石鹸は、刺激《しげき》が少ないから、赤ちゃんや肌《はだ》の弱いアトピーの人まで安心して使える優《やさ》しい石鹸なの。

それから今、世界中でテニスブームよね。

錦織圭《にしこりけい》選手や大坂《おおさか》なおみ選手、知ってるでしょ。あの人たちが使うラケットの糸、ガットっていうのね。

あの糸は、今はポリエステルだけど、昔はひつじの腸《ちょう》から作られたと聞いたわ。

聞いた時はびっくりして、思わずお腹《なか》がピクピク引きつって気分が悪くなったほどよ。

もっとすごいのは、同じ糸でも、

人間の手術《しゅじゅつ》に使われる糸がある
の。この糸はとても優《すぐ》れものだ
と言ってたわ。
ひつじの腸《ちょう》から作られる糸は、
人間の体の中で自然に溶《と》けるの
で、糸を抜《ぬ》かなくて、そのまま
でよかったんですって！
この話、すごくない？
体に吸収《きゅうしゅう》されないナイロンの糸
だと、糸を抜くたびに、お腹を

開《あ》けないといけないでしょう。それじゃ人間の身がもたないわよね。
ひつじから作られる糸は、ナイロンの糸とは違って、体に優しいのね。
この糸で今までどれほどの人が助かったことか、計《はか》り知れないわ。
このこと、みんな知らないのかも――。
だって知っていたら、私たちひつじを見る目が違《ちが》うはずよ。
どこかでひつじを見かけたら、感謝《かんしゃ》の言葉ひとつでも、かけてくれるとうれしいわ。

こういう私も実際《じっさい》は、糸を作ったり、手術しているところ、一度も見たことはないの。エールおばあさんからの又聞《またぎ》きね。でも、物知りだったおばあさんの話は確《たし》かなことよ。

そのほかにも、みんなが大好きなウインナーソーセージ。たくさんあるけど、なかでも私たちの腸詰《ちょうづめ》ソーセージが一番おいしいそうよ。パリッとする食感が人気らしいの。チーズも、お菓子《かし》や料理にひっぱりだこよ。

ひつじって、色々なところで活躍《かつやく》してるでしょう。もっと自慢《じまん》していいかもね。

エールおばあさんから聞いた話は、これだけではなかった。幼《おさな》い私には、ちょっと難《むずか》しかったけれど、いつも大切なことばかりだった。

メリノウールのセーターやマフラーを身に着《つ》けると暖《あたた》かいでしょう。あのあたたかさが愛、愛の中身《なかみ》はぬくもりだと教えてくれたのも、エールおばあさんだった。

はじめはわからなくて、どんなぬくもりがあるか考えてみた。

ふり注《そそ》ぐ日差《ひざ》しの、ポカポカとした暖《あたた》かさ、手の温《ぬく》もり、あったかいスープ、慰《なぐさ》めや励《はげ》ましの温《あたた》かい言葉……。色々な、ぬくもりやあたたかさを見つけた。

でも、まだはっきりとはわからなかった。だって愛って見えないし、触《さわ》れないし、形がないんですもの。

「愛ってどんなものなの？」

エールおばあさんにたずねると、

「一番わかりやすいのは、親鳥がヒナをかえすとき、卵を抱いて温《あたた》める、あの親鳥の温《ぬく》もりは自然で純粋《じゅんすい》な愛ね。形のないぬくもりから、形ある命が生まれる。愛ってすごいでしょう」

と答えてくれた。

愛はあたたかくて、すべてを包み込んでくれる、天からの、自然からの恵《めぐ》みなんだと思った。

セーターを着ると、あったかいでしょう。暖かさに愛が隠《かく》れているの。編《あ》んでくれた人の愛、着せてくれる人の愛情が宿るのね。

愛情に気づくと、そこに幸せがあるとも言っていた。愛情を感じることと、幸せになることはセットになっているのよね。

愛情を感じることができないと、お金や物に幸せが宿っていると勘違《かんちが》いするらしいの。

お金や物に恵まれるって、もちろん幸せなことよ。でも、いくらお金があっても、それが幸せとは限らない。

幸せは、買い求めたり、奪ったり、追い求めるものではなさそうよ。

誰かの愛情を感じたら、そっと、振《ふ》り返ればいいとエールおばあさんが教えてくれた。後ろに幸せがほほえんでいて、気づくのを待っているんだって。

幸せの種は目の前に、いっぱいまかれているのに、人と比《くら》べてばかりで気がつかないのよね。

私も若い時は、そうだった。お金持ちや、幸せそうな人を見ると、自分がとても不幸に思えて、うらやましかった。

でも、だんだん歳《とし》を重ねるうちに、幸せや愛の中身がわかるようになってきた。

本物の愛は理屈《りくつ》抜きで、素直《すなお》に、あたたかくて優しいものだと——。

そう考えると、ひつじってやっぱり、すばらしい生き物でしょう。

メリノウールとして、自然な温もりを世界中に届《とど》けたり、内臓も色々と役立っていて、とても誇らしいわ。

エールおばあさんはいつも、そのことを自慢していた。自慢したあとに、

「愛はもらうだけでは駄目《だめ》」

と必ず付け加えた。

もらった愛は、回すもの、お返しするものだと——。


自然界にあるもの、空気や水や草花、すべては巡《めぐ》り巡って、元に戻るの。

目に見えないから、わかりにくいけど、海や川、地面から、いつも、水がモワモワ、ユラユラ蒸発《じょうはつ》していて、蒸発した小さな水の粒《つぶ》が、雲になり雨や雪を降《ふ》らすの。降った雨や雪は地面にしみこみ、川や海に流れて、またそこから水がモワモワ、ユラユラ蒸発する。
水は私たちのまわりで、蒸発したり、降ったり、流れたり
と形を変えて、グルグル回って循環《じゅんかん》しているの。
エールおばあさんは言った。
「だから愛も水のように、グルグル、クルクル回すことが
大事なの」
そう言われても、なんだかよくわからなかった。
「難しく考えなくていいの、そのまま同じことをするだけ
でいいのよ」
エールおばあさんは、とまどい顔の私に笑いながら続けて

言った。

「寒い日に、毛布《もうふ》をかけてもらったら、体が暖かくなるでしょ。その時のあたたかさを忘《わす》れずに、寒さに震《ふる》えている人に、毛布をかけてあげるの。

他人《ひと》の寒さやつらさを、自分のことのように、感じる心が大事なのよ。

温《あたた》かいお茶をいただいたら、その時のうれしさとおいしさを忘れずに、喉《のど》がかわいている人に、温かいお茶を飲ませてあげるの。

温かく優しい言葉をかけてもらったら、うれしいでしょう。

まわりの誰《だれ》かに、同じように優しい言葉をかけてあげるのよ。もらった愛は、誰かに回すといいの。できるでしょう」

そう言うと私の顔を見て、ニッコリ笑った。

その話を聞いてから、ちょっとだけ勇気を出して、元気のない友達に言葉をかけたり、励《はげ》ましたりしたわ。

あたたかさを回すことが愛の形なのだと、ようやくわかった頃には、エールおばあさんは、もうこの世にはいなかった。

だけど、おばあさんが教えてくれたことは、私の中で生き続けて、思い出すたびに勇気と元気が出たわ。

だから、少し嫌《いや》なことがあっても、毎日、元気に小屋から飛び出し、牧場でせっせと草を喰《は》んだの。

モコモコの私の毛が、メリノウールになるのを夢《ゆめ》見てね。

毎年、毛を刈られるたびに、ご主人に、

「マリー、お前の毛はすばらしい、一級品だぞ」

と言われて、ひつじに生まれて良かったと心から思えた。ひつじとして、生まれてきた理由《わけ》や役目《やくめ》が、ちゃんとあるんだなと思った。

祖母や両親に感謝《かんしゃ》したわ。

ところがこの前、ショックを受ける出来事があったの。メリノウールに代《か》わるものがたくさん出回っているとご主人が話していたの。びっくりして眠気《ねむけ》も吹《ふ》っ飛んだわ。スペインの王様から特別に飼育《しいく》されたひつじは世界一と思っていたでしょう。メリノウールに似《に》ていて、しかも、それ以上のものがあるなんて、とんでもないと思った。

ご主人が言うには、ウールは毛玉《けだま》ができやすくて、洗《あら》うと縮《ちぢ》むらしいの。

そうかもしれない。だって私の毛は、もともと縮みまくってるんですもの、仕方ないわ。それに羊毛がたくさん入っているものほど、虫に食われて、穴《あな》が開くんですって！

私たちの毛は柔《やわ》らかくておいしいのよ。だから虫にも好かれるのね。

合成繊維《ごうせいせんい》のアクリルやポリエステル、ナイロンは石油から作られると聞いたわ。石油じゃ、まずくて虫も食わないわね。
まずいだけならまだいいけど、
繊維といっても、石油から作ら
れているプラスチックなんです
って！
それで、洗うたびにマイクロプ
ラスチックという小さなくずが
出て、川や海を汚《よご》しているって
聞いた。
それだけじゃないの、それを餌《えさ》

と間違《まちが》えて魚や貝が食べて、死んでいると、ご主人が話してた。

海にとっては迷惑《めいわく》なことね。それに、住んでいる魚や貝、昆布《こんぶ》たちにとっても、生きるか死ぬかの深刻《しんこく》な問題よね。もっと真剣《しんけん》に考えてほしい。人って賢《かしこ》そうに見えるけど、目先しか見えない、本当に大切なものがわからない動物かもしれない……。

合成繊維の出現《しゅつげん》は、私たちひつじにとっては一大事《いちだいじ》よ。合成繊維が、ウールに取って代わる時代になるんだから、嘆《なげ》かわしいことだわ。エールおばあさんが生きていたら、それはもう卒倒《そっとう》ものよ。知らなくて良かった。合成繊維の広がりを、ご主人もどうしていいか、わからないと言っていた。もどかしいけど、これが現実《げんじつ》ね。時代の移《うつ》り変わりかしら――。

悔《くや》しいけど、私たちの羊毛がウールになるには、手間《てま》も暇《ひま》も、お金もかかるの。

それに比べると合成繊維は、機械でいくらでも作ることができるから、安いのね。そのうえ、洗っても縮まないし、虫に食われることもないから、使い勝手がいいと聞いた。だから人間は、安くて便利な方を選ぶらしいの。仕方ないのかな～。

人間は、お金がないと、生活ができないというから…。

お金は大事らしいの。でも、
それで色々な問題が起きていると、ご主人が話してた。

お金もうけのことだけを考えて、人をだましたり物を盗《ぬす》んだりする事件《じけん》が、最近、多いと言っていた。心配よね。

せっかくの知恵《ちえ》や知識《ちしき》を、悪だくみに使わないで、役立つことに使ってほしいものだわ。

もしかして、だましたり、嘘《うそ》をついたりすることは、いけないことだと大人が教えていないのかもね。ひつじでよかった。

人間を見てると、私たちひつじと違《ちが》って、早くて、簡単《かんたん》、便利なものを追い求めて、毎日、あくせくしているみたい。簡単、便利が果たして、いいものなのか、私にはわからないけど——。

私たちのように朝日で目覚《めざ》めて、鳥のさえずりや小川のせせらぎを聞き、夕焼け空やお星様、お

月様を眺《なが》める、心地《ここち》良い時間をたくさん持ってほしいと思うのは私だけかしら。

山や川、生き物など、たくさんの美しいものに囲《かこ》まれていることに、お願いだから気づいてほしいな。


そうそう、私の中のマリーさん。とても大切なことを言い忘れてた。それは、あなたのことよ。最後に、あなたとの出会いを話しておきましょう。

若い頃は忙《いそが》しすぎて、あなたのことをすっかり忘れていたわ。

ところが最近、足腰《あしこし》が弱って、仲間たちとかけ回ったり、群《む》れたりするのが難しくなって一人でいることが多いの。当たり前ね、生きとし生けるものすべて、老《お》いていくんですもの。

老いるって、夕暮《ゆうぐ》れ時に似て、人恋《こい》しくてさびしくなるものよ。知らず知らずのうちに、気持ちまで沈《しず》んで、孤独《こどく》を感じるようになった。

そんなある日、いつものようにウトウトしていたら、

「マリー、マリー」

亡くなったはずのエールおばあさんの声。

「忘れたのかい？　もう一人のマリーのこと」

はっとして思い出したわ。おばあさんから聞いた、あなたのことを――。

母さんが、事故で亡くなって間もない頃だった。悲しくて毎日、泣いてばかりいた私に、エールおばあさんが、真剣《しんけん》な顔で語りかけてきたの。

「私には、もう一人のエールがいるんだよ」

初めて聞く私には、何を言っているのかわからなかった。まわりを見ても、誰《だれ》もいないのに、もう一人のエールおばあさんがいるなんて、とても信じられなかった。

もっと驚《おどろ》くことに、私にも、もう一人のマリーがいるのだと言った。

「マリーや、よくお聞き、もう一人のマリーはあなたの心の中にいるの」

不思議《ふしぎ》な気持ちだった。

私の心の中に、もう一人の自分

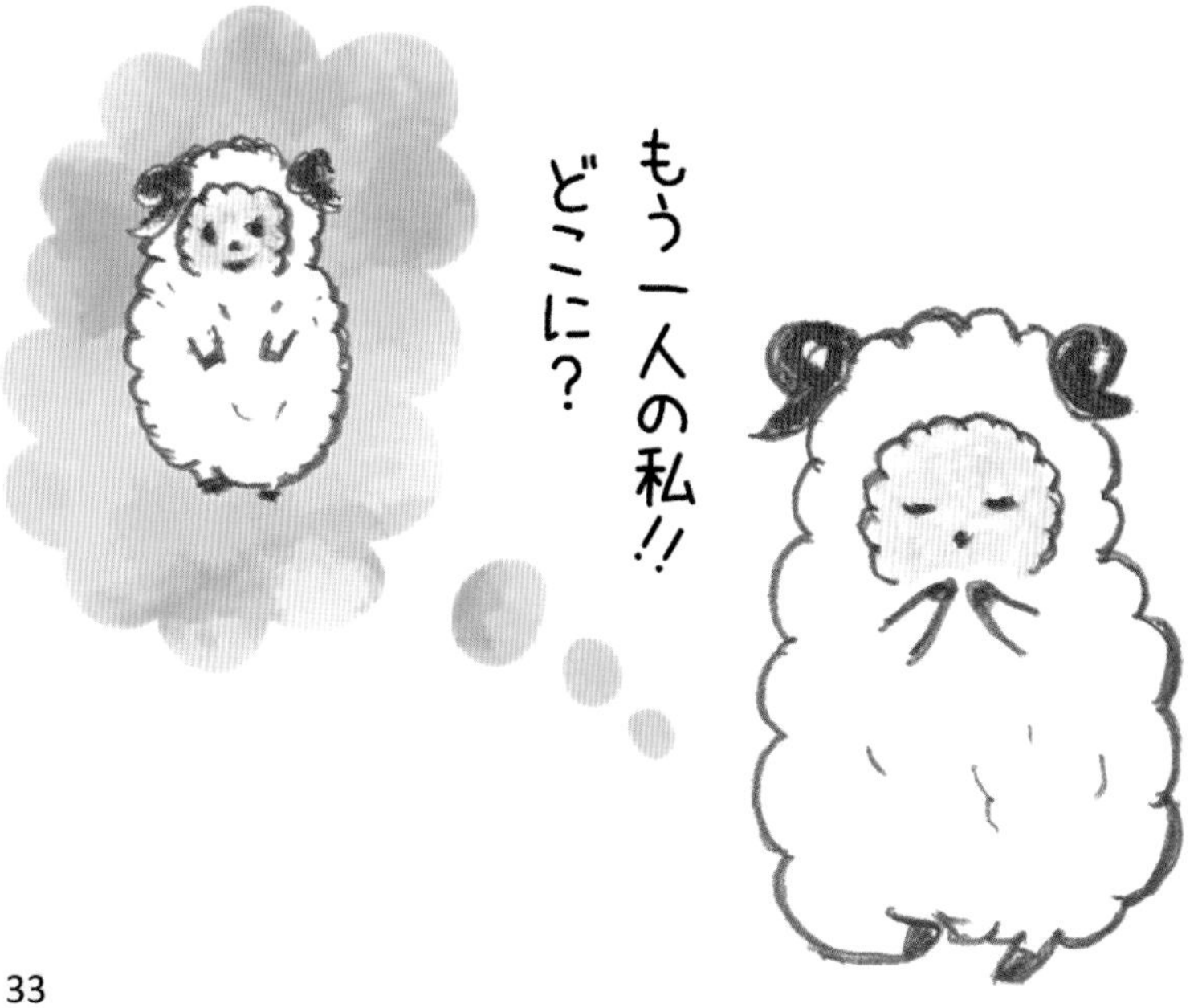

がいるなんて、とても信じられなかった。

エールおばあさんは、私の目を見て、ゆっくりと言った。

「もう一人のマリーは、あなたの心の奥にいるの。それもとびっきり、清いところにね。

初めて聞くとびっくりするわね。そうね…もう一人のマリーは、あなたの中の良い心、良心だと思っていいわ。心の中のもう一人の自分に気づくのよ。困ったことが起きたとき、つらい目にあったとき、どうしていいかわからないとき、心の中のもう一人のマリーに話しかけるの。

一人ぼっちを嘆《なげ》く前に、もう一人の自分と話すのよ。そして静かに、良心の声に耳を傾《かたむ》けるといいわ。きっと、応《こた》えてくれるはずよ。

彼女はあなたの心強い味方だから、私が死んだあとも、彼女がずっと支《ささ》えてくれるわ。

それと、生きるには、一人でいる時間、孤独も、大切で必要なものだと覚えておいてね。

孤独から感じるもの、見えてくるもの、生まれてくるものが、たくさんあるということを――。

大丈夫よ、マリー。自分のいきたい方に、気持ちが落ち着く方に進むといいわ。あー、それから楽しむことも大事よ」

エールおばあさんは、いたずらっ子のようにウインクした。

おばあさんの声で、忘れていたあなたを思い出したの。それからというもの、一人でいても、私は一人ではなかった。話せる友達が、心の中にできて、一人ぼっちじゃなくなった。さびしさも消えて、楽しく朗《ほが》らかになれた。それに元気は自分から出すこともわかった。

心の中は自由だった。

どこまでも広がった。

身近なことや世界のこと、宇宙《うちゅう》のことまでも想《おも》いを巡らせた。
あなたとのおしゃべりで、退屈《たいくつ》なんて忘れた。
心の中の世界が豊《ゆた》かで広いことも知った。
すべては、あなたとの出会いのおかげね。
あなたはおばあさんからの、最高の贈《おく》りものだった。
話もらった愛は、回すものね。

し上手《じょうず》だったエールおばあさんのように、うまくは話せないけど、まわりの誰かに伝えましょう。

その時がきたら私の中のマリーさん、背中《せなか》を押《お》してちょうだい。

ふうー、今日はおしゃべりが過《す》ぎたみたい。ちょっと眠っていいかしら……。

マリーは暖かい日差しの中で、心地《ここち》良い眠りにつくのでした。

表紙絵　リン子

挿入絵　ハルカ

あとがき

もう一人のマリエに魅せられて

谷口三千代

十年ほど前に、仕事で訪問した高齢者施設（デイケア）で、九十歳のマリエさんと出会いました。

伴侶を亡くされて、一人暮らしをしていらっしゃるということでした。

「お一人ですと、夜など寂しくないですか」

迂闊にも私は尋ねてしまったのです。すると、

「私には、もう一人のマリエがいるの。寂しいときは、もう一人のマリエと話をするの」と、にこやかに笑って答えられました。

この日以来、「もう一人のマリエがいるの」という言葉が、私の心に棲

み続けました。

初対面で短い面談時間にも拘わらず、丁寧に、正直に、時には示唆に富んだ人生の機微を話してくださいました。年齢を感じさせない、溌剌とした受け答えから、彼女の凛とした生き方が伝わってきました。

マリエさんの考え方や、生きる姿勢の見事さに感銘を受けたのです。幾つになっても、人は少しの工夫や気の持ち方で、心豊かに生きられることを学びました。

デジタル化、ＡＩ化と、時代は急速に変化しています。あまりの変わりようの速さに、人の心がどこにあるのか、どこに向かうのかと、殺伐とした恐れのようなものを感じる時があります。

こういう時代だからこそ、自分の心と向き合うことの大切さを思い、マリエさんの考え方や生き方を本にしたいと考えたのです。エッセイしか書いたことがなく、絵本と児童文学の違いが何かも知らずに、ひたすら「もう一人のマリエ」に魅せられて書き上げました。

表紙や挿絵は、絵の好きな二人の孫、ハルカとリン子に描いてもらい、古希のよい思い出作りになりました。

この本を出すにあたり、最初から最後までご指導くださった作家の出水沢藍子先生、児童文学者の齋藤きみ子先生、適切な助言をくれた良き友、岡留美規代さんに厚くお礼を申し上げます。

数回にわたる打合せ場所を提供してくださった、ギャラリー稲音館の新森和江オーナー、ありがとうございました。あさんてさーな出版の編集者やニッセイ印刷の皆様にも、大変お世話になりました。

私にこの本を書かせてくださったマリエさんへの感謝は言い尽くせません。

終わりに、拙著『もう一人のマリー』を手に取って読んでくださる皆様に、心からお礼を申し上げます。

２０２３年　秋

もう一人のマリー

初　版　　2023年12月31日

著　者　　谷口三千代
発行者　　出水沢藍子
発行所　　出版企画あさんてさーな
　　　　　鹿児島市緑丘町2－23－41
　　　　　ＴＥＬ　099-244-2386　ＦＡＸ　099-244-2730
　　　　　https://asantesana-kg.jimdofree.com

印刷・製本　有限会社ニッセイ印刷

©MICHIYO TANIGUCHI　2023 Printed in Japan

ISBN978-4-902212-80-8

乱丁・落丁はお取り替えいたします。